袁英瑜◎著

舞文詩光

安徽师范大学出版社
·芜湖·

图书在版编目(CIP)数据

舞文诗光 / 袁英瑜著. — 芜湖：安徽师范大学出版社，2019.1
ISBN 978-7-5676-3929-4

Ⅰ. ①舞… Ⅱ. ①袁… Ⅲ. ①诗集 — 中国 — 当代 Ⅳ. ①I227

中国版本图书馆CIP数据核字(2018)第008302号

舞文诗光
WU WEN SHI GUANG 袁英瑜 著

责任编辑：陈 艳
装帧设计：丁奕奕
出版发行：安徽师范大学出版社
芜湖市九华南路189号安徽师范大学花津校区
网 址：http://www.ahnupress.com
发 行 部：0553-3883578 5910327 5910310(传真)
印 刷：江苏凤凰数码印务有限公司
版 次：2019年1月第1版
印 次：2019年1月第1次印刷
开 本：700 mm × 1000 mm 1/16
印 张：8.5
插 页：2
字 数：103千字
书 号：ISBN 978-7-5676-3929-4
定 价：28.00元

与董培伦老师合影

与李惊涛老师合影

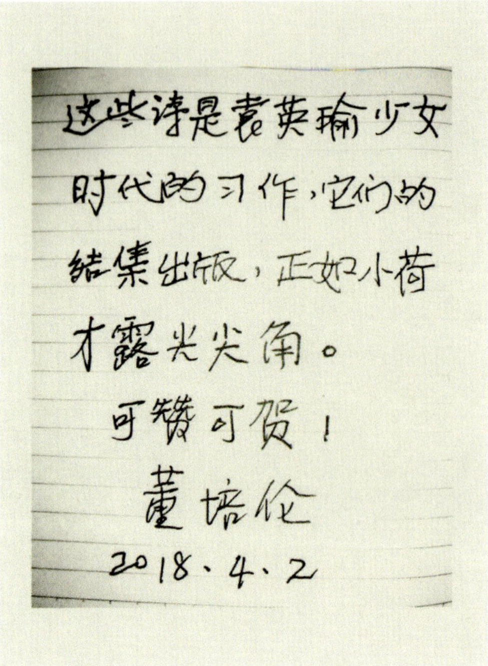
这些诗是袁英瑜少女时代的习作，它们的结集出版，正如小荷才露尖尖角。

可赞可贺！

董培伦

2018、4、2

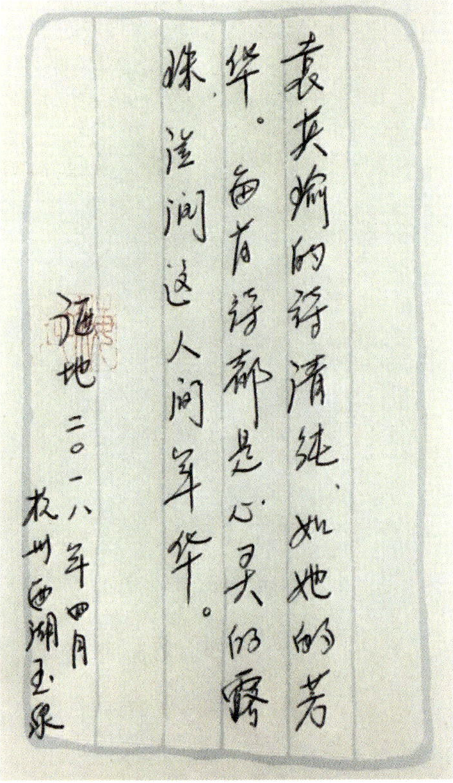
袁英瑜的诗清纯、如她的芳华。每首诗都是心灵的露珠，滋润这人间年华。

施地 二〇一八年四月

杭州西湖玉泉

/ 序　一

独一无二的财富

放暑假前最后一节课，梦铃送给我一本厚厚的作品集，嘱我为集子写一点文字。作为现当代文学专业的老师，我当仁不让。

梦铃是北方人，却有南方女孩的机灵通透，上课不显山露水，课下和老师互动颇多，在小组阅读的团队里担纲重任。她喜欢思考，喜欢阅读，喜欢写作，喜欢诗歌，喜欢徐志摩、戴望舒……可能正因如此，她从山西来到江南水乡读书，来到中国计量大学。这里紧挨着金庸的故乡，挨着徐志摩的故乡，挨着茅盾的故乡、木心的故乡，戴望舒独自徘徊在杭州的雨巷里，郁达夫也曾从富春江上的木船顺流而下，鲁迅也曾匆匆往返西湖边的新新饭店，胡适和他的表妹住在南高峰的烟霞洞里，徐志摩也曾从龙井翁家山的山坡上采几朵杜鹃插在陆小曼头上。杭州这个地方似乎太有诗意，文人的足迹还湿漉漉的。实际上，烟花三月，十里钱塘，浩渺西湖，荷塘风筝依旧，却诗意不再。不再有寂静的莲塘、娇羞的表妹，不再有嘚嘚的马蹄和错误，不再有青骢马、油壁车，断桥上摩肩接踵，孤山上游人如织，不知道梦铃是否有一点怅然。

前几日，一帆得了宣传部征文一等奖，和我微信聊天，我很开心，祝贺他。一帆性格有点腼腆，言语不多，秀慧于中，我很欣赏这个才子，一直鼓励他写作。他的文字孤高冷峻，读来如寒霜落铁，他却说羡慕梦铃，“她特别敢于展示自我，追求自己的爱好，并为之付出行动。”学长在老师面前夸奖学妹，一定诚心。一帆的话让我对梦铃的作品更加好奇。你看，书稿细心整理打印，文章按照写作时间排序，字里行间记录了作者成长的心路历程，拿在手里，沉甸甸的，放在案头，闲时翻阅几页。

风悠悠地吹着，
吹散了云的心事。
你看，
它一瓣一瓣地，
碎到我的梦里来了。

这首《风吹散云的心事》隽永简短，意象丰富，耐人寻味，既有朱自清“小诗”的韵味，又有徐志摩“小雨点”的灵动。

再看这首《风追着我们跑》：

世界化为了虚无。
只有风在后面，
追着我们跑。

让人想起卞之琳《断章》的哲思，还有张爱玲《倾城之恋》结尾的苍凉意味。集子里类似这样的佳作还有很多。欣赏梦铃的这些佳作，你不会感到一点刻意，作者都是心绪自然流淌，不矫揉造作，不卖弄文采，让人想起胡适的文风，无论多么激烈的情感，多么高深的学术，都用最平易自然的表达方式。有感而发，提笔而就，这就是写作的自然状态。我觉得真正写作的人，不会在乎写得好不好，而是在乎写了没有。所以，写得怎样不重要，写了没有最重要。梦铃的写作是一种生活方式，就像吃饭睡觉，写作不是负担，是一种快乐，她不是为写作而写作，也不是为刻意表现自我而写作，是为记录自我而写作，为自己的人生写作。

正如作者所说：“我喜欢以文字的形式记录我的生活，在那些具有特殊意义的时刻。我享受这种过程，这种心情与文字对话的过程。我想就让我所持有过的心情在我的笔下化为文字获得永生。那是我最宝贵的，也是最独一无二的财富。”

由此，我们可以说，写作是梦铃生命中独一无二的财富。她因为写作而存在，因为写作而快乐。相信你读了她的集子，一定会感受到这种快乐。

蒋进国

2018 年 8 月 7 日于钱塘江畔

/ 序　二

梦氤春初霁，铃磬鹿闻溪

春末某天，梦铃姑娘与我说起她收录诗歌的个人作品集行将出版的事，我感到讶异钦佩的同时也不觉愧感自己这么多年的碌碌无为，庸庸独行。而梦铃接下来的作序邀请更使我感到惶惑不安，一方面人微才短，只识得几字，恐有负厚望；另一方面此文若将与诸多先生前辈文章并行，相形之下，惭愧至极。然梦铃诚心挚意，余再三推诿不成，且厚颜写之，只希不至沦为混珠之鱼目，煞梦铃文章之大好风景。

梦铃是三晋女子，生于“龙兴”之地，成长于中华腹地，现又求学于钱塘武林，这使得她通达大气外更兼江南女子的温婉细腻，付诸笔端，自成文思俱佳的金句。除文笔外，她在人际交往方面亦有天赋，所立社团、所办活动、所识前辈、所获奖项较同龄人而言皆令其望尘莫及。平心而论，与我等乖戾讷言之人还能好好相处，实为梦铃姑娘顺良宽容、善解人意之功。诸此种种，皆使我钦佩之余，也深觉自当发奋勤勉，羡鱼不如囊萤。

若一味谬赞其堪比咏絮韩公之才，实为愚昧之捧杀，于我仅仅随口一言，于她却诸多害处。梦铃与我皆为晚辈，皆须埋首寒窗数载，而非夸耀名利，声色犬马。然则平心而论，其文其笔恬淡随性，率真可人，虽不及前人才女之天纵惊鸿，细细读来，绝不至乏善可陈。仅凭作品水准，其已在大多同龄人之上，况更贵在长年累月之坚持，笔耕不辍，方成少时至今厚厚文集。字字句句，可谓凝作者青春年华脉脉悠长；长长短短，也伴随梦铃年少心事徐徐成诗。这是一本作品集，亦可看作是她留存的岁月。

《典论·论文》有言：“寄身于翰墨，见意于篇籍，不假良史之辞，不托飞驰之势，而声名自传于后。”近代第一批先觉者之黄遵宪先生亦说“我手写我心”。梦铃的诗文将诸上观念付诸行动，行文流转间尽是自己的真情挚意，不过分工于雕琢，不拘泥落俗于旧套，淋漓几笔，点墨即成，可谓耐人寻味，清新自然。闲坐揽月明，笔落一生诗。

命中那些零落而绚丽的诗意碎片，她小心拾掇起，朝朝暮暮，疏散不齐，踱着小步微笑着献给你。愿读罢此书的人能从中采撷些许青春明灭的心意，有感稍稍宽慰，有涓涓诗意清新入脾，以飨忙碌的日常。

金一帆

2018年9月25日

目　录

/ 辗　转

/ 回　眸

/ 憧　憬

01

偶遇

独

夜，
如死一般寂静。
独自漫步于校园小径里，
抬头，
仰望繁星。

明星荧荧，
若隐若现，
扑朔迷离。
牵动了万千离愁别绪。
环顾四周，
万籁俱寂。
只剩自己月光下，
瘦弱单薄的身影。

不知何时，
狂风卷起，
沙子吹进了眼睛。
随着便流下一股不知名的液体，
我不知这是迷了眼还是伤了心。

谁不羡慕高山流水？
谁不向往纤云飞星？
啊，属于我的那个世界，
你在哪里？

2013.12.12

祁　县

——我的家乡

独站观望台上，
肆无忌惮地凝望。
凝望远方，
那是我可爱的家乡。

从砖瓦平房到高楼万丈，
家乡饱经岁月的沧桑。
从人烟稀少到人来人往，
家乡不再荒凉。

白天，
太阳发出耀眼的光芒，
远山上草木竞相生长。
夜晚，
明月洒下一层银辉，
昌源河水泛起阵阵白光。

阳春三月，草长莺飞，
微风拂过脸庞。
外地客访问我的家乡，

把巧夺天工的乔家大院，
尽情观赏。
斗拱飞檐，彩饰金装，
砖石木雕，工艺精湛，
大门顶端的“古风”二字，
耐人寻味，相得益彰，
若没有几代人的努力，
怎会达到驰名中外的辉煌？

再看看那犀牛望月镜，
祥云缭绕在圆镜下方。
犀牛回顾上瞥，
似把明月痴望。
光亮皎洁的明月啊，
你可曾漫无目的地游荡？

啊，可爱的家乡，
我要把你装进我的心房。
积极进取，奋发图强，
为建设你贡献出自己的力量。

2014.1.20

残阳晚景话离殇

孤寂的花，
悄然怒放。
绚烂的霞，
染红残阳。

谁在此情此景，
轻轻哼唱？
用凄凉的曲调描摹悲伤。
谁又在此时此地，
话别离殇？
用暖色的眼瞳注视过往。

浓郁的忧愁的芬芳，
随风飘荡。

曾经笑语洋洋，
如今天各一方。
如影相随的人儿啊，
你们漂到了谁的心上？

2014.2.14

偶　遇

熟悉的环境，
熟悉的气息。
不经意间的偶遇，
你暴露了自己。
视线交汇处，
心波扬起。

不！这不是我认识的你！
曾几何时？
你变得眼神迷离。
那份简单的纯真，
是不是早已被你丢弃在心底？

花开花落，
逝去的已经逝去。
虽然我喜欢最初的你，
和最初的自己。

2014.3.11

残　花

切断一切相思泪，
举杯痛饮八百杯。
莫醉！莫醉！
一世芳华为了谁？
夏逝秋至金流翠，
独余残花漫天飞。
莫悲！莫悲！
花下自有人憔悴。

2014.6.30

我想化身为彩虹

雨后的天，
为何没有彩虹的出现？
她是不是已同太阳公公一起，
寻到那一片梦境中的桃源？
每天微笑似的挂起，
映照着一潭水暖温泉。
身居滚滚红尘中的世人们，
请别说她妖艳。
我更觉得那是低调的不明显！
好想化为一架彩虹，
静静地挂在只有你的天边。

2014.7.11

冷夜幻听

夜深深，
辗转难眠。
睡昏昏，
琴声忽至。
一股莫名而起的忧伤，
凌乱了我的诗句……

旋笔轻提，
不料却字字成殇。

迫切地想知道，
到底是谁弹得这一支曲？
更或许，
这世间唯有我是她的知音。

随着琴音，
勾起回忆。
不再抱怨夜的冷，
不再慨叹夜的空虚。
只是静静地听着，

静静地回忆。

远方的知音，
你到底是何许人物？
我想你永远都不知道，
等你一曲终了，
一个陌生人的脸上，
留下了两行淡淡相思泪。

寒意侵，
睡梦醒，
我才知原来只是午夜梦回。
而那首曲子的名字，
它叫《心音》……

2014.8.19

02

擦肩

当　归

乌龙归，晚风吹，
幽怨起，思绪飞。
醉罢方知愁更浓，
举杯邀月空垂泪。
帘半卷，燕双归，
强隐恨，暗皱眉。
辗转反侧难入睡，
应劫沉吟盼郎归。

2015.3.11

雨后残花漫天飞

雨后残花漫天飞，
可曾在梦中相留醉？
你给的爱太匆忙太美，
时过境迁你会是谁的谁？

2015.6.7

光带束星

在被抛弃了的天体空间，
漂泊不定的两颗星星好似被光带紧紧相连。
惊喜有余抬头忽而望见，
他们离得是那样近，
却又那样远……

2015.6.18

梦回处

花开无言，
一纸清浅。
梦回处，
荒乱了谁的流年？

2015.7.15

时间都去哪儿啦

时间都去哪儿啦，
能否找到它？
带着现在的记忆回到那年盛夏。
把想倾诉的倾诉，
该表达的表达。
然后，
放下世俗的牵挂，
舍弃无谓的挣扎。
携他，
或只身一人，
浪迹天涯。

2015.7.21

假如生命是光

假如生命是光，
不要隐藏，
也不要畏惧黑暗。
我将持续地渲染温暖，
向着未来那遥远的地方。

2015.9.11

你的冷若冰霜

你的冷若冰霜，
将温情彻底埋葬。
我不顾狼狈一路逃荒。
无能为力的感伤，
何处掩藏？

2015.9.21

03

辗转

一个人的心碎

宽阔无边的暗夜，
把点点滴滴的愁绪氤氲连结。
耳畔嘈杂的喧嚣，
黯淡了谁的视野？

心似无根的飞蓬般无主飘浮，
游离的魂儿未归，
只漫无目的地，
遭受雨打风吹。

无痛，无泪，
唯愿就此于世间长醉。
何惧？何悔？
惧悔也只能是一个人的心碎。

2015.10.19

临水自观

渺渺小蚍蜉，口把悬河吞。
自况林鸈鸈，清高视乾坤。

激情扬文字，刻意伤黄昏。
为把新词赋，梦游虚无村。

恬恬不知耻，日日思王孙。
华年安逸过，沉湎往事中。

愚顽性难改，人情事不通。
醒时邀明月，醉后眠清风。

秋来花已落，临水照颜容。
可笑小蚍蜉，肯为天地尊？

2015.11.15

离合无缘，君子谦谦

课下，校园。
散步，晴天。
朵朵花开瘦誓言。

狂奔至车棚，
放肆强隐的牵念。
看那小小的心事，
是否已被发现。
却寻见，
淡紫色的信笺。
依然躺在，
潮湿里面。

也是，
这薄薄的纸片。
怎载得起太过浓重的思恋？
而我的卑微的执着的热情，
到底是被有意抛却，
还是被无意搁浅？

善解人意的风儿撩动心弦，
带他飞到我身边。
不自意地抬头，
突兀地看到那张熟悉的脸。

没有微笑，
没有寒暄。
他还是刻意冷漠，
把心窗紧掩。
我收起过分的热情，
装作视而不见。

镇定，无言。
平行，擦肩。
默数三秒后回头，
回头看他的身影渐行渐远。
渐行渐远地，
淡出视线。

从此，
我叹我的离合无缘，
他做他的君子谦谦。

2015.11.24

他和她

他说待我富贵荣华，许你十里桃花。
她笑不如仗剑倚马，执手天涯。
他言男儿责任如山，治国齐家。
她叹红尘难解，世事繁杂。
他道红日初升，天地孕育浩大。
她答黄昏静美，更倾心夕阳西下。

她说愿齐眉举案，把蜜意柔情共话。
他笑红颜知己，怎地也变得痴痴傻傻。
她言为伊把真心倾付，日日牵肠挂。
他叹战火纷飞，先忧天下。
她道死生契阔，随君拥抱白草黄沙。
他答女儿似水，怎能把红装换作铠甲。

别她，自此金戈铁马。
怨他，硬生生把自己抛下。
负她，一片真情错挂。
恋他，魂儿飞到天涯。

山长水远路斜，
盼过秋冬春夏。

待到银镜生锈，
直至铁树开花。

梦他，驰骋疆场热血洒。
忆她，曾经海誓山盟对酌饮茶。
念他，翻身整顿残棋与谁下？
寻她，功成名就该成家。

我道是为你日日担惊又受怕，
我道是自你出走后心乱如麻。
我曾说与你厮守为你洗衣纺纱，
我曾说陪你白头随你戎马生涯。

你道是壮志未酬男儿责任重大。
你道是心有江山岂能快意潇洒。
你曾说山远路长叫我别把痴情挂。
你曾说天空海阔儿女情长只刹那。

怎地个如今又来寻我说什么执手天涯？

罢！罢！罢！
水中月来镜中花。
爱恨别离丹青手难画。
断缘自此隐古刹。
一个落发，
一个出家。
永伴青灯古佛下。

2016.1.17

季节的风

季节的风，
来去匆匆。
芳香的梦，
几人能懂？

谁在无边的暗夜轻轻吟诵？
粉红色的情愫，
装点记忆的帘栊。

犹记当年，
一起欢笑一起疯。
却伤如今，
花开花复落，
梦也碎成空。
来去，
匆匆。

2016.1.20

痴心可叹入戏深

痴心可叹入戏深，
白头共老能几人？
有需巧语博欢心，
难来花言遮前盟。
桃李带愁，杨柳含恨。
你当初何必意切切来情真真。
北风飘飘千万点，
断肠断魂有谁问？
且把牵念抛身后，
管他衣单天气冷。

2016.2.1

秋心诉与谁知道

实指望，
与你并肩共欢笑。
哪承想，
你句句胜过断肠刀。
痴心抛，焚诗稿，苦闷酒难浇。
知音已绝，纵有秋心一片，诉与谁知道？

2016.2.6

痴傻如我，落寞难说

难以排遣的落寞，
无可言说。
回忆像野草一般疯长，
遮盖了那些被精心设计的巧合。
踉跄着向未来奔跑，
路上却几多曲折。

能不能换个时间，换个地点，
让一切重新来过？
亦或是忘记思念，忘记烦扰，
把青春重新选择？

玩弄着百无聊赖的文字，
终究是无力面对现实的懦弱。
好似一头精疲力竭的困兽，
逃不出看似温暖实则致命的大火。

是该学会等待吗？
等到一切繁华陨落，
所有的喧嚣便就此沉默。

是该学会遗忘吗？
忘掉所有刻骨铭心的执着，
连同那句在心血来潮时轻易许下的承诺。

你呢？
是否也会偶尔想起我？
还是从此过着，
与我无关的生活。

2016.2.20

夜冷得彻底

用并不烫手的温度，
呵护着残损的记忆。
却难抵这突换薄装的夜，
冷得彻底。
一个小时的心路起伏，
只好似霎时的一瞬。
转眼消失干净。
是因为太过在意便忘记了时间，
还是因为这突换薄装的夜，
冷得彻底?!

2016.3.9

不及屋内一点愁

谁念珠泪独自流？
盼断鸿信思难休。
待得春暖花开后，
别君一笑莫回眸。
且共桐声眠醉客，
暂把青凤掷渔舟。
屋外繁星千万点，
不及屋内一点愁。

2016.3.13

在最后的时光

在最后的时光，
我会一改往日离不开的模样，
轻轻地挥手告别。
只那一次，
三年里所有的爱恨悲欢，
都化作永恒的念想。

去远方，
去真正属于自己的远方。
或许是逃离，
或许是向往。
让过去的一切随风消散。

到那时，
凡是遇见的我都喜欢，
凡是想做的都不会彷徨。
心情不再被轻易影响，
扬起嘴角做自己的女王。

所有的焦点将重新聚集，

聚焦在自身一心一意的打算上。

再见了，
那些辗转难眠的夜晚，
我曾为懵懵懂懂的美好挂肚牵肠。
再见了，
那些难以抵制思念而神游的课堂，
我曾把任性的放纵当作不可一世的疯狂。
再见了，
那些安放在夹子里的成绩单，
我曾在每次考试后把彼此的距离测量。
再见了，
那个令我销魂蚀骨的少年郎，
我曾付出所有来填补这孤注一掷的荒唐。

既然青春荒唐，
那么所有的无知都能够被原谅。

我看到，
一切泪水都已启航，
只待挥洒在六月的散场。
六月后，
所有的繁华哀伤都将成为过往，
连同你的漠然，
我的心酸。

2016.4.16

莫道天淡云闲古今同

莫道天淡云闲古今同，
但看逸情雅趣世人空。
哀兮琴棋书画遭冷落，
叹兮梅兰竹菊杂草从。
患难与共真情实难见，
追名逐利求富渐成风。
无奈憨睡不顾雷声响，
任他崩坼南北炸西东。

2016.5.7

现实与虚幻的交汇点

听，
外面的呼吸声更重了，
大地沉睡了。

我心爱的人儿，
也该进入梦乡了罢。

时间真是个顽皮的孩子，
眨眼间他已跳向远方的静谧了。
而那片不为人知的静谧里，
又藏着多少难以诉说的心事呢？

是的，
一切都归于沉寂了。
我们能肆无忌惮地出现在对方的梦里了。

我想，
只有在这时候，
我们才是真正幸福的。
没有喧闹，

没有困扰，
没有过路的甲乙丙丁。
全世界都安静了，
心甘情愿地为我们充当生活背景。

也只有在这时候，
我们才是完全自由的。
没有父母的期待，
没有老师的叮咛，
没有一切阻隔我们的不和谐因素。

你依旧懵懵懂懂略带羞涩，
我照样情情切切狂放似火。

我们按照自己的方式，
活成自己想要成为的样子。
一切是那样的简单。

春天，
我们并立星空下将美景入画。
夏天，
我们相约听海浪把沙滩怕打。
秋天，
我们共赏夕阳联诗哀咏落花。
冬天，
我们随同三五好友堆雪娃娃。

生活，
就像童话一般的，
美好得没有一丝灰暗。
所有的误会都会慢慢化解，
所有的经历都别有一番滋味。

无需太多的言语，
那些静默的心照不宣，
也同样刻骨铭心。

梦，
是现实与虚幻的交汇点。
我们在这里安排另一种生活，
由着自己的意志。
却似乎忘了，
在主观与客观的碰撞下，
现实的生活显得太过真实。

2016.5.26

路通向光明

熄灭吧！
这捧过火的热情。
你承载得太重，
他担负不起。

放下吧！
这段青涩的回忆。
你默默忍受伤痛，
他视为过眼烟云。

忘记吧！
这份刻骨的思恋。
你把他当作生活背景，
他只觉你是甲乙丙丁。

微笑吧！
所有的现在都会成为过去。
低头看看脚下的路，
它通向光明。

2016.5.28

04

回眸

又是一年夏天

又是一年夏天，
许下的愿望依旧没有实现。
我趴在窗沿，
看夜幕缀满繁星点点。
想象着一无所知的将来，

慢慢变成现在……

2016.7.24

那些年，我们一起玩过的飞车

还记得吗？曾经的某个时刻我们在这里相遇，怀揣着各自的梦想与激情。

从一无所知到不分彼此，我们愉快地享受着这份默契。

年纪相仿的我们总有说不完的话题，过去……现在……未来……我们约定携手同行。

数不清多少个夜晚，我呆呆地坐在院子里看星星，感谢它们见证了我们这一路走来的泪水与欢欣。

哥哥说，他实在不能理解为什么我一个女孩子会如此沉溺于游戏，但我知道真正令我沉溺的，是你们不离不弃的真情。

你们曾问我QC代表的含义，我说是倾城，也是青春。青春的我们在倾城相遇，独特的时光里填满了独特的回忆。

忘不了大家一起肆无忌惮地谈天说地，本因琐事而烦闷的心情总能在那时得到一丝慰藉。

忘不了大家一起为车队招人的乐趣，天花乱坠的言辞中归属感满满充溢。

忘不了大家一起跑车时相互等待的温馨，比起彼此的情谊，又怎看得上那短暂的胜局？

仍记得在伙伴受欺负后一起组团去打抱不平，我们的小伙伴怎容得下别人欺凌？

仍记得那一场场或庄重或闹腾的婚礼，车途漫漫我们执手相依。

仍记得车队挑战赛中我们共同努力，前进，阻截，默契的配合下缔造冠军的奇迹。

闲下来时总喜欢翻看你们的游戏名，统一的格式，有限的字数框不住你们独特的个性。

静下来时总喜欢回味与你们在一起时的点点滴滴，然后把这些酸甜苦辣小心翼翼地珍藏在心底。

这些年，谢谢你们包容我的任性，其实我知道，这个队长，我当得太过差劲。

没有荣誉，没有业绩，没有别的车队那种响当当的名气。

或许是因为个人对规则的厌弃，我总觉得死板的规定抵不过自在与随意。

我们曾真诚地约定只要时光不老，我们便永远不离不弃。

但我深深地明白，有欢聚就会有别离。

放不下你们似火的盛情，永远不会忘记那次有人来收购车队时，你们说如果我不当队长便从此不再玩这个游戏。

放不下那个从早嗨到晚的车队群，简单而又复杂的称呼联结着我们不变的情谊。

放不下携手相伴朝夕相处的你们，我从不相信虚拟的网络可以阻挡灼灼的真情。

我也曾担心有那么一天，你们会一个个离开，只余我一人苦苦守望着你们的身影。

我也曾担心有那么一天，因为一个小矛盾小冲突小情绪便让我们彼此疏离。

但我更加坚信，我们的关系不会脆弱得如此不堪一击。未来漫漫我们携手共度风雨！

书上说，所有的相遇都是久别重逢。也难怪，素未谋面的我们竟会觉得这般熟悉。

在很多年后，希望你们仍会记得，曾经，在这里，我们留下过一段青涩的回忆。那是属于我们的，独一无二的甜蜜。

我们的故事，未完，待续……

2016.8.9

前生与来世的约定

想你，在梦里。
瑟瑟的秋风也充满暖意。
茫茫人海，我们慢慢走近，
只为了那个前生与来世的约定。
我、天涯和咫尺之间，只差一个你。

2016.8.21

最好的我们

最好的我们，
有着和电视剧里一样精彩的青春。
那是一场，
华丽而令人迷醉的梦。
在梦里，
我们变身为呼风唤雨的导演，
肆无忌惮地谱写着年轻的剧本。
而现在，
马上就要向着未来启程，
带着被人喜欢的感动，
和喜欢别人的认真。

2016.8.29

神秘的远方

记得以前，
失意时总爱在书海里流浪。
他说你下一站必须到达的目的地，
名字叫远方。
那里有充满诱惑的新奇景色，
可以放空身心尽情酣畅。
那里有从未见过的生活习惯，
可以跳出熟悉寻找灵感。
那里有形式不一的种种挑战，
可以磨练意志加速成长。
于是，我只身前往，
却发现，
原来在那神秘的远方，
一切依旧是神秘的模样。
还好，
我知道，
在远方，
日夜牵念的人同时也放我在心上。
我希望，
在远方，

未来要经历的足够精彩，
和我所期待的一样。
我祈祷，
在远方，
所有的人事事顺意身体安康，
即使他们可能，
与我无关。

2016.9.27

落叶秋风

有你相伴，
落叶不会寂寥。
于我而言，
无需秋风哀嚎。
落叶不会被秋风吹跑，
只要你能幸福，
一切都好。

2016.10.20

净

总是幻想能拥有一双翅膀，
像风儿一样飞到你身边。
却又不愿意做风儿，
无影无踪没有任何语言。
我还是喜欢做我自己，
可以在想你时呆呆地看看天，
我看见天空中的云，
没有一丝灰暗的色彩。

2016.11.7

绘　秋

淅沥的秋雨，点染离愁几许。
单调的枯笔，绘不出诗情画意。
偌大的河塘，怎寻不见鸳鸯的踪迹？
秋桂遍地香，秋叶随风起。
我站在秋天的角落，把秋景绘入画里。
却绘不出，
甜蜜的相思，淡淡的离愁，
和远隔天涯的你。

2016.11.14

暖成梦

江南的冬天，
比老家来晚了许多。
迟迟不降的气温，
暖成一场梦。
梦中，
你挽起我的手，
轻轻地说，
走，带你去看那个地老天荒的承诺。
于是，梦，
就成了天空的颜色。

2016.11.20

小别终相聚

赏秋叶寻根之景，
品远方君子之笺。
君子深谙小别苦，
入梦尽诉小别情。
小别终相聚。

2016.12.8

星星与月亮的距离

汹涌的夜色席卷了大地，
星星却还在自命不凡地眨巴着眼睛。
估计它从未认真思考过自己与月亮的距离，
毕竟别人说：
“看起来很近。”

2016.12.31

共赴一场风雅

自古闲士多闲情，
人生诗酒话。
晨起挥笔泼墨洒，
日暮醉卧饮香茶，
镜中也能栽花。
若问珍爱哪几样？
琴棋诗书画。
抛下红尘事繁杂，
暂把俗人比闲士，
共赴一场风雅。

2017.1.4

酒如老友

有人说，
老友如酒，
时间愈久愈醇厚。
我说，
酒如老友，
无论悲欢喜乐，
都常伴左右。
喜时同乐，
愁时解忧，
最是逢年过节时候一登楼，
放眼望去皆思念，
风吹，不走。

2017.1.15

不应天空的挽留

羡慕烟花的大气，
绚烂过后，
便不应天空的挽留。
只那一瞬间绽放，
却也，
亲吻了岁月的额头。
道一声岁月悠悠，
往事再难回首，
旧的心情，
早已淹没在旧的时候。

2017.2.12

水月镜花梦

说是烟涛微茫云霞外，
却似粼粼金光宝殿前。
殿前飘玉带，碧里透着白，
灼灼桃花两边开。
玉带引路，桃花尽头，
美人在。
我见她素衣飘飘眸似海，
身形清秀，貌把西施赛。
美人自称梦仙儿，
只度有缘人，愁烦尽解开。
我道世上众多痴男女，
山盟海誓该不该？
相恋时，你侬我侬情意在，
分别后，万事难由心里来。
若天注定难偕老，何必把缘来安排？
仙子嫣然浅浅笑，
带我翩翩上高台。
我见一轮孤月水里游，
红梅数枝天上开。
回头看，桃花仙子已不在，

留我一人独把哑谜猜。

我才知，水月镜花皆是幻，
缘聚缘散，任你如何琢磨也不明白。
还不如，
恋时全心爱，别后免伤怀，
天大地大情意曾在。
毕竟，
人生虽短暂，
除去难解的过去，
却还有，
隐约的将来。

2017.3.1

在诗里，在梦中

我分不清，
这是在诗里还是在梦中。
树上的秋千还在晃动，
我和你打闹着消失在黄昏。
我看到，
你手上还有我留下的牙印。

你手上还有我留下的牙印。
我看到，
我和你打闹着消失在黄昏。
树上的秋千还在晃动，
这是在诗里还是在梦中？
我分不清。

2017.3.7

落　花

起风了，
花瓣纷纷扬扬地落着，
像是少女的心事，
婉转而青涩。
我蹑手蹑脚地走近，
生怕惊了她们。
有些秘密，
有些秘密只能藏在一个人的角落。

2017.3.12

我有一个小小的梦想

我有一个小小的梦想，
就是和一个不庸俗的人，
日日庸俗地相伴。
不必买崭新的跑车，
不必穿鲜亮的衣裳，
赤心一颗，草房一幢，
碎语闲话家常。

而我的小家，
定在那江边或湖畔。
浪花陪我度时光，
清风听我诉衷肠。
夜色袭来，
携他泛舟湖上。
我要看这小小的船儿，
是怎样一点点载满月光。

我要过我想过的生活，
就和诗里写的一样。

2017.3.14

想做一个从诗里走出来的女子

想做一个从诗里走出来的女子，
不必有惊艳的容颜，
单哼着那些淡雅的诗句，
就足够，
让天地倾心。

想做一个从诗里走出来的女子，
让风狂笑，
让雨写诗。
看到那一抹抹神经质的凌乱了吗？
就出自她的手笔。

想做一个从诗里走出来的女子，
不管曾经受了怎样的伤，
每次恋情，
都能爱得彻底。

想做一个从诗里走出来的女子，
在灯火辉煌处默默转身，
在绚烂到极致后，

悄悄离去。

想做一个从诗里走出来的女子，
在无助时，
来一场说走就走的旅行。
到钱塘江边，
到西子湖畔，
寻找诗人笔下的诗意。

想做一个从诗里走出来的女子，
无论经历什么，
都能有一颗，
年轻、自然的心。

那个从诗里走出来的女子呀，
如果你们在街上碰到了她，
请不要直视她的眼睛。
因为此刻在她眼睛里盘旋的，
都是些，
深沉的字句。

2017.3.22

时　间

风，
一缕缕，一缕缕，
飞来丝丝凉意。

叶子，
一秒秒，一秒秒，
离变黄更近。

回忆，
一抹抹，一抹抹，
消失了痕迹。

青春，
一点点，一点点，
正一点点，离我而去。

2017.3.28

写给花儿的墓志铭

我想给枯萎了的花儿，
写份墓志铭。
不用修饰的辞藻，
不用悲悯的语气，
单单着眼于她们短暂的绽放。
短暂的绽放，
也有永恒的美丽。

2017.4.9

幸福的风筝

风筝颤颤巍巍地，
托着风儿窜上了天。
连同我们的心事一起，
飘得很远很远。
一只白鸽飞来了，
你说：看，她多悠闲，
一定是上帝派的小仙子，
来见证我们的情缘。
我呆呆地应和着，
心思却全在那只风筝上。
你瞧那只幸福的风筝呀，
一头连着我的心，
一头牵着你的线。

2017.4.11

有一种陪伴叫永久

我想，
在十年后，
还能像现在这样牵着你的手。
去我们初次相遇的海边，
看水面是否如绸，
阳光是否依旧，
浪花是否调皮拍案，
一如当年时候。
刚学会走路的娃娃，
正由奶奶带着，
嬉戏在船头。

我想，
在五十年后，
与你互相搀扶着，
去离家不远的沙滩上，
重新把婚礼绸缪。
谁说老年人不懂浪漫？
看看我们，
就算半截身在黄土里，

也照样把恩爱秀。

我想，
在一百年后，
让儿孙把我们的骨灰，
同洒进一片海里。
我要一直陪着你，
陪着你到达生前无法到达的，
海的深处，
天涯的尽头。

我想，
在转生后，
彼此能把前世的记忆存留。
在约定的地点会面，
而后长相厮守。
以此弥补短短的前生，
还没来得及完成的缺漏。

原来，
有一种温暖叫陪伴，
有一种陪伴叫永久。

2017.4.14

一伞伞伞状的梦

我向黑夜，
讨了一首诗。
星月研磨，
风作笔，
摇曳深沉字句。
我托纷飞的蒲公英，
邮寄相思。
一伞伞伞状的梦，
说是痴的念，
说是念的痴。

2017.4.18

自别后

自别后，
我把日历一页页翻过。
计算着重逢的天数，
过着看似与你无关的生活。

世界还是原来的世界，
我还是那个我。

2017.4.20

相思苦乐几人能懂

走不完的大道小路，
看不尽的花鸟鱼虫。
世间物姿态万种，
抵不过你一句，
感谢重逢。
时光易逝，岁月葱茏。
相思苦乐几人能懂?
青春虽荒唐，
我不负你意重情浓。
愿未来的每一幕都惊喜重重，
愿我们的电影没有剧终。

2017.4.29

谱一曲倒叙的时光

坐在江南青石板的小路上，
谱一曲倒叙的时光。

落了的叶子又飞上枝头，
消失在视线里的乌篷船重新靠岸。
老渔翁钓到的鱼儿跳出竹筐，
呜呜呜唱的火车调转回家乡的方向。
蜜蜂采走的蜜倒回花蕊，
熟悉的古城口站着初恋的情郎。
两三个童稚的小孩打闹着抢一块方糖，
还没来得及流完的眼泪收回眼眶。
失恋的情侣回到最初的模样，
不得不发的箭依然好好地安在弦上。

旧的景色旧的心情旧的时光，
却总觉得少了点什么。
嗯，我知道了，
原来我想要的并不是一个完美的过去，
而是现在的，
你最简单的陪伴。

2017.5.6

四个人

一个人先走，
在黄昏雨后。
一个人停留，
为赋新词说愁。
一个人回眸，
幻想着天长地久。
一个人守候，
强渡绿水苦行舟。
一个人守候，
幻想着天长地久。
一个人回眸，
为赋新词说愁。
一个人停留，
在黄昏雨后。
一个人先走。

2017.5.6

叹落红知己寥寥

说是流世的俗，
说是轻狂的傲，
说是如年难度的宵。
问君知否，
因何霁日春风还送暖，
冷夜偏有雨来闹？
举杯将风邀。
却道愁在深处，
杜康三壶也难浇。
苦吟春朝，
卧听雨打芭蕉，
叹落红知己寥寥。
伤明年，
纵重笑枝头，
又岂是原来味道？

2017.5.7

风吹散云的心事

风悠悠地吹着，
吹散了云的心事。
你看，
它一瓣一瓣地，
碎到我的梦里来了。

2017.5.13

未来遥遥太远

雨滴飞入大海，
茫茫不见。
她站在岸边，
望天边。
天的那边，
有她未老的誓言。
雨一点一点，
她一点一点，
数着约定的期限。
雨朦胧了双眼。
未来，
还遥遥太远。
她所能看见的，
就是什么也看不见的，
思念。

2017.5.15

倒不过来，倒不回去

荷叶倒过来变成了伞，
海倒过来变成了天，
弯月倒过来变成了你的眉毛，
时间倒过来，
再现了我们的甜蜜和誓言。

流星倒回去，
定格了我们许下的愿。
落花儿倒回去，
打破了美好易逝的谎言。
时间倒回去，
一起走过的路上，
欢笑掩盖了足迹点点。

只可惜，
世上最无情的，
偏偏是那个，
倒不过来，
也倒不回去的时间。

2017.5.16

风追着我们跑

世界化为了虚无。
只有风在后面，
追着我们跑。

2017.5.21

最后一点光亮

降温了，
空气里多了几分冷淡。
夜深了，
月光卷来思念的伤感。
心事难理思绪乱。
或许一个人的时候，
最怕孤单。
于是，
我让月亮早早下了班，
只有一颗星星还在站岗。
那，
是我能留住这暗夜的，
最后一点光亮。

2017.6.6

休教离人断肠

写不出的风雨幻路，
书不了的恩怨江湖。
只将纤细的心思，
默默和酒小诉。

诉与夕阳，
借我半片霓裳。
诉与黄莺，
莫在枝上呢喃。
诉与小河，
粉泪翻作波浪。
诉与时光，
休教离人断肠。

2017.6.17

梦　境

我走到，
幽蓝色光弥漫的大陆。
却不知，
那是一块浮着的岛。
只等出发的钟声响起，
便随着孤零的客船，
向远处漂。

向远处漂到夜深了。

夜深了，
只有窗子还亮着。
连一向不吝啬的月光，
都藏到天鹅的梦里去了。

2017.6.19

剪　荷

说盼清欢，又怕清欢。
一朝心事，几多婉转。
花落易，再开难，免它凋零剪下观。

2017.6.30

二两清风，三斤明月

天上的星星，
半明半昧。
她将珠帘卷起，
却不见燕儿双归。

窗纱映着的单薄的剪影，
摇摇欲坠。

突然，她举起杯，
把相思的泪水酿成一壶白酒，
灌进胃。

和着二两清风，
三斤明月。

2017.7.9

再来一瓶

看过的风景总会有些留恋，
读过的书总能在日后找到影子。
含在嘴里的糖果迟迟不肯将香味散去，
它拼尽最后一丝甜蜜想留住我的心。

或许所有的过去，
都会在未来有新的演绎。

就好像今夜我已经乘上火车准备离开，
却在拧开饮料瓶盖后，
中了“再来一瓶”。

2017.7.15

青春的印记

想陪你去淋一场大雨，
全心全意地没有任何顾忌。
雨从天上钻进鞋里。
淋了的是鞋上的污泥，
淋不了的是青春的印记。

2017.7.21

珍　藏

太阳还差一米，
就要下山了。
小河唱着欢快的调子，
在回家的路上奔腾。
树上的两只喜鹊，
叽叽喳喳地说着昨天的梦。
或许所有注定要逝去的，
都应该被珍藏。
就好像，
天快亮时候的月光，
还没梳洗完的素颜的姑娘。

2017.8.3

大约是故人

奏一曲，微风惊起山峦色变。
唤一声，云过罢，水也无痕。
只一刹，信手低眉暮自沉醉。
帘寂寂，影深深。
大约是故人。

2017.8.10

05

憧憬

距离产生美

荷花谢了蕾，
凉水才是夏日的绝配。
风很累，
从白昼吹到天黑。
要不我干脆化作鱼，
你就化成水，
把我揽到你的怀里依偎。
我不要产生美。
我的世界情话不能随着风飞，
我的世界距离可以美到心碎。

2017.9.9

桃李年华

今天没有什么不同，
天黑时一样要看着星空。
从年轮跌落，
在脸上打滚的，
是风。

2017.9.11

送　别

熟悉的味道走远了，
飘来栀子的忧愁。
那是快要枯萎了的，
散落着被风吹透。
一碎碎似父亲额上的艰辛，
一瓣瓣像母亲皱巴巴的手。
我报以微笑的甘露将它灌溉，
背转过去挥了挥手。
倒计的时光啊，
在铁轨上悄悄开溜……

2017.9.18

种种不难在梦乡

昨夜，
我又应了你的呼唤，
赴约去西河边转一转。

我们请风姑娘一起，
指责饶舌的波浪。
它偷听了我们的秘密，
没日没夜地与别人分享。

天亮了，
我们并肩在马路旁，
看着公交车载了我们的影子驶向远方。
那一刻，
我真想丢掉时光，
再梦入黄粱，
梦里见你不难，别你，也不难。

2017.9.28

风

船儿摇起桅杆，
叶子飞到了天上，
湖面两只急速滑行的水鸭，
不解地抖抖翅膀。

2017.10.1

遗　迹

这些被陈列的遗迹，
早在百万年前就闭上了眼睛。
它们又何曾想得到，
后人赋予的千般含义。

2017.10.3

我还是选择做我的闲人

我还是选择做我的闲人：
一半花前月下，一半附庸风雅。

2017.10.8

你闯进了黄昏的梦里

风来了，
刮满一山的云。
云来了，
为太阳挡住半边眼睛。
河边大咧咧的花瓣，
收拢起五颜六色的秘密。
染上相思的垂柳，
跟着心跳摇摆不定。
远远的钟声响了。
夕阳挂在了高高的树上，
你闯进了黄昏的梦里。

2017.10.12

英 雄

云散了，还会聚，
叶子落了，第二年更新。
你走了呢？

2017.10.13

我不想见你

我不想见你，
就像西下的落日，
不愿看第二天朝阳升起。

我不想见你，
一个人生活的世界，
看得到花红柳绿。

我不想见你，
因为我不想让代表了千万人心的月亮，
偷听我们的私语。

我不想见你，
比起别离的痛苦，
我宁愿在泪光闪闪的相思里，
甜蜜。

2017.10.22

异　地

萧瑟在风里的秋雨，
掩住寻觅的足音。
转身，没有你。

路边铺洒的银杏落叶，
还藏着情话的踪迹。
抬头，没有你。

在黎明刚到地平线的时候拥抱，
在漫天霞光的包围里欢喜。
醒来，没有你。

于是，我只好拿起笔，
准备把能作思念的意象统统用尽。
却发现，

鱼儿怕冷沉到水底，
大雁早已向着南方飞去。
身边，没有你。

2017.11.24

假如你来杭州

过去，我想，
假如你来杭州，
我会带你去好多地方。
北到余杭喜看良渚史前文明，
南向萧山欣赏湘湖的银浪。
乘着月光去西湖边走走，
感受夜风扑打的清凉。

后来，我想，
假如你来杭州，
我不会带你去任何地方。
梁祝十八相送的长桥，
再也寻不见别离的忧伤。
悠长寂寥的雨巷里，
也没有我们能感知的惆怅。

现在，我想，
假如你来杭州，
我会带你去个神秘的地方。
在白云流荡的黎明拥抱朝霞，

去如烟的晚景里抚摸夕阳。
入夜，我们依偎着走向断桥，
你来扮许仙，我就做白娘。

2017.12.5

在远方

在远方，一定还存在着另一个世界：
大海不会哭，花儿不会落，
天空永远湛蓝湛蓝。

在远方，一定还存在着另一个我：
春来不怕孤独，秋去不怕寂寞，
内心永远洒脱洒脱。

在远方，一定还存在着另一种生活：
哲学并不难懂，诗书并不晦涩，
喧嚣永远沉默沉默。

2017.12.7

我想有一支神笔

我想有一支神笔，
捆绑住爱情的结局。
把迎春嫁个好人，
让宝玉和林妹妹在一起，
梁祝不要死去，
赶考高中的穷书生永不变心。

我想有一支神笔，
重置下人类的属性。
善良多一点，才华多一点，
广阔陌生的土地都，
笼罩温暖，
和诗意。

我想有一支神笔，
勾划掉所有的不幸。
诗人伟大的作品不必建立在，
对苦难的呻吟。
可惜，我没有神笔，

一切存在都有它的客观规律。
就像桃花不可能开在冬季，
就像生命的旅途上，
免不了分离。

2017.12.8

锁

跟跄着，
给心上把锁。

锁住思念，
心，
就不会痛了。

2017.12.12

区　别

从小一起玩的男孩女孩，
慢慢长大，
也慢慢划清界限。

2017.12.23

心　事

我是滚滚钱江潮中的一朵浪花，
看透了天涯之外还是天涯。
只是那天与你不经意的深情对视，
让我想朝着有你的方向潇洒。

我要在清晨路过花香，
用舞姿卷起浪漫的情话。
我要向月光带上问候，
一路欢腾到你江边的小家。

在你满是微笑的屋下久久伫立，
用沉默表白牵挂。
等到你打开窗子探出头来，
我就偷偷亲吻你的脸颊。
那是我甜蜜的生命，
和思念一起，
融化。

2018.1.22

晴　天

我想和你徒步，
把世界走遍。
在太阳刚到地平线的时候出发，
选心中喜好的位置向前。

不去烟云笼罩的山顶上，
让人难忘的缥缈不是真实的终点。
不去一年四季都开满花的地方，
萧瑟自有萧瑟的冷艳。

我想带你去河里抓星星，
用闪闪亮的贝壳做成一串想念。
再折几枝家乡的垂柳，
随清风种在窗前。

柳是窗的客人，
你是我的晴天。

2018.2.18

/ 后　记

人生是一段长长的旅程，每天都有很多意外发生。

就像，我的这本诗集。

事情还得从一年前说起。那天和寻常一样，挣扎着从美梦里醒来后，极不情愿地关掉闹钟，迷迷糊糊刷牙、洗脸、吃早餐，却突然收到曹克亮老师的短信："下课后，来我办公室一趟。"

曹老师是我们系的辅导员，也是学校有名的老师。那天和曹老师聊了很多，主要是关于写文章投稿的事情。随后无意间，我提起从小有写诗歌和散文随笔的习惯，曹老师便问我有没有集结好的电子稿，可以帮我投给出版社，看看能不能出版。

接下来几天，除了上课时间我几乎都待在图书馆，每天拿着厚厚的本子，按顺序将文字录入电脑。整理完后，诗集有六七万字。这时已临近暑假，我拿着打印好的诗集去找蒋进国老师，请他作序。蒋老师是我大学最敬重的老师之一，教我们现当代文学。他有自己独特的一套教学方法，他的课堂生动、有趣，且他本人知识面极广。上他的课，不仅不会走神，而且能学到很多东西。那天，天气很热，蒋老师接过我打印好的诗集，装进他随身携带的斜挎包里，踏上回家的路。望着蒋老师离去的背影，我的内心充满了期待。

一周后，审稿完毕，曹老师把我叫去办公室叮嘱我出版诗集的相关事宜。面对出版所需的费用我犹豫了，毕竟作为从小生活在乡镇里的孩子，这笔钱不是一个小数字。但一想到自己多年的梦想即将有可能实现，便不愿轻易放弃。果然，功夫不负有心人。

那段时间，每周四晚，我都会以中国计量大学读书会会长的身份参加由杭州颜执工作室发起的读书分享会。到会的有茶艺师、企业老板、各高校的老师、书法家等实力派前辈。我想，机会还是要自己创造的。于是，在一次分享会接近尾声时，我主动要求朗诵一首原创诗歌——《绘秋》。

> 淅沥的秋雨，点染离愁几许。
> 单调的枯笔，绘不出诗情画意。
> 偌大的河塘，怎寻不见鸳鸯的踪迹？
> 秋桂遍地香，秋叶随风起。
> 我站在秋天的角落，把秋景绘入画里。
> 却绘不出，
> 甜蜜的相思，
> 淡淡的离愁，
> 和远隔天涯的你。

一阵掌声过后，我提出近期出版诗集的想法，希望可以得到各位前辈的支持。或许是他们出于本身对文学的追求与热爱，或许是我朗诵时不由自主流露出的真挚感情感染了他们，也或许是他们愿意为满怀梦想的新人提供帮助，那天，我出乎意料收获了很多。同时，我在“轻松筹”平台发起众筹。一个月后，除平台扣去的百分之五的运行费，我收到一万两千元的爱心资助。这些提供资助的人里，有从小学到大学对我极其关照的老师，有相伴一路走来的朋友，有生活圈里名望相当的诗人、企业家，还有素不相识的陌生人。我满怀着喜悦和感动，将这一笔笔美好小心记录着珍藏起来。

2017年12月10日，师父董培伦和师母刘湛莹邀请我去他们家做客。恰好一个星期前我已认真看完了《爱情诗人董培伦》这本书，不懂的地方早已标注，借鉴学习的地方也做了笔记。我拿出书来，挨个儿向老师请教："诗中要尽量去掉公共用语，要独创准确、生动的意象用语。""诗人，不是看到什么写什么，也不是想到什么写什么，而是悟到什么写什么。""要写出理解式宽容，不要埋怨。诗人的心是善良的。"……每次和董老师见面，总能收获很多。两个小时的谈诗，仍觉意犹未尽。

再次和董老师见面已经是2018年的新学期了。饭桌上，董老师依旧孜孜不倦地教我写诗的技巧，我依旧风风火火地发表自己初出茅庐的言论。一番畅谈后，董老师拿出我请他删改的诗集。我看到小小的诗行里嵌满密密麻麻的大字，那是一个八旬老人戴着老花镜一字字看过后亲手书写的评语。一份最真挚且最珍贵的感动不顾阻挡，奋力涌出我的眼眶……我听取董老师的建议："不要一会儿想写诗歌，一会儿想写散文，人的精力是有限的，一辈子能做好一件事，就已经很不容易了。"回去后，我把所有的散文随笔一篇篇删去，只留下人生每个阶段比较有代表性的诗。心想，或许这样，才能摆脱"大杂烩"的帽子整编成诗集吧。

过了几日，我收到董培伦老师的手写鼓励："这些诗是袁英瑜少女时代的习作，它们的结集出版，正如小荷才露尖尖角。可赞可贺！"我知道，这是师父对我未来要写出好作品的勉励。我突然想到在前几个月某诗歌活动上，有幸见到杭州作家协会会员、著名诗人海地老师。而对他出版的诗集《被击落的飞鸟》，字字句句，我一直都很仰望和崇拜。于是我把自己整理好的诗集电子稿发过去，希望能得到海地老师的一点建议或鼓励。喜出望外的是，海地老师特意买了一张很漂亮的信纸，并毫不吝啬地手写道："袁英瑜的诗清纯，如她的芳华。每首诗都是心灵的露珠，滋润这人间年华。"海地老师，谢谢您！您的鼓励和拜读您诗歌后产生的灵感定会长伴在我身旁，无论是当下被愁绪萦绕的青春，还是以后健步如飞的日子。

但时间不是诗，任何时候都不会被锁住。它正随着挂在墙上的古钟秒针，一刻不停地向前行进。眨眼已到六月。经过上一年轰轰烈烈的朋友圈诗集众筹，身边大多数人已知道我要出书的消息，并充满期待。本想就这样定稿，却在一次主持学校本部的职业规划主题讲座前又有了意想不到的收获。

那天，我早早地去找图书馆副书记郎杰斌老师商量关于主持的相关事宜。一番寒暄后，郎老师问我诗集出版情况，并在我去之前已经电话联系了中国计量大学现代科技学院党委副书记黄建湖老师，看学院能不能根据我的个人需要给予一定支持。我兴奋无比。说起与郎老师的结缘，那是一年前接管读书会的时候。前任社长在举行交接仪式后，安排我与社团负责老师见面。作为一名朝气蓬勃的新生，我决心把社团做出点样子来。我向郎老师描摹着社团一步步的发展前景，叙述着日后将举办的各种活动。在谈话结束后，郎老师说，他记住了我的热情。此后社团一年的发展果真蒸蒸日上。从30人到300人，从仅限读书到交流诗词、朗诵、吟唱、旅行……知名度从计量大学到下沙高教园区，甚至在全国环保阅读大赛中拿奖。我没有辜负郎老师的希望，而郎老师也会在每次活动时认真指导，纠正不足，为社团发展指明方向。

一周后我按郎老师给的办公室地址去找黄建湖老师。本以为是位板着脸的老爷爷，结果在开门后，映入眼帘的却是一个严肃却待人平和、亲切却不失庄严的帅气大叔。在自我介绍后，黄建湖老师让我说明关于诗集出版的情况以及想要得到学校什么帮助。我莞尔，任凭模糊的几个字羞涩地从牙缝中蹦出来："我想学校给予两千元的资金支持。"之后还聊了很多，但由于临近上课时间，便匆匆结束了谈话。就这样又几经辗转，系里、学院里几位高职老师轮流签字，给我申报了临时一次性补助两千元。"海阔凭鱼跃，天高任鸟飞。"但无论是鱼还是鸟儿，走多远都不会忘记回家的路。

一路走来，我收获了太多的美好和帮助，千万句感谢难以言表，那就让它在心的回路里辗转成为最真挚的祝福吧。谢谢所有人给予我的阳光，让我平静的生活增添了许多温暖。最后，特别鸣谢浙江省高级经济师协会、丰平文化、颜执工作室、下沙网红Jerry哥、浙工悦读——同读一本书，以及王望峥老师、邓泽球老师、戴擎旗老师、依玛女士、汪芳女士、李蕾女士、吴玉琴女士、李炜先生、李峰先生、赵学亮先生、落花先生、希瑞先生、张海涛先生、黄姚彪同学、沐晨同学、程宇超同学对本诗集的大力支持！

袁英瑜

2018年9月